大人の恋の詩《うた》

心の内を一編の詩に

「大人の恋の詩」発刊委員会・編

文芸社

目次

ノクターン　夜を想う

Rey

藍色の空に覗かれて、交わる。
罪を始める二人、この夜を想う。

月の明かりが背中に影を作る。
なぞる貴方の指、その夜を想う。

濁りない想いも、一途な仲らいも、
今、夜に潜らせて、眩ませる。

痛いほどの快楽は、あなたが奏でるノクターン。

静かに、哀しく、強く、
夜の果てまで続いていく。
罪を奏でるノクターン。

桜色の想い

如月　貫士

春の嵐に
負けまいと
大声で好きだと
言った僕に
顔を赤らめて
頷いてくれた君

焼け付く太陽を
浴びながら
波打ち際で

僕に水を掛けながら
はしゃいでいた君

茜色の夕陽に
染められた
小さな公園のベンチで
初めて交わしたキスに
戸惑っていた君

雪が降り積もる
クリスマスの夜に
豪華なホテルの部屋で
重なり合った後
少し寂しげな顔をした君

また春を迎え
僕は君の帰りを

待っている
桜舞い散る停車場で

不協和音

仁月　零

あの時は
ただ、好きで
好きで、好きで
それを表すことに夢中になって

追いかけて、追いかけて

手に入らなくて、悔しくて
思い通りにならなくて、苛立って

ぶつかって、ぶつかって

今、思えば、
後悔ばかりで、恥ずかしさばかりで
それでも、その時は、それが精いっぱいだったのだと
今なら、分かる

今はただ、好きだと、
そう、思わせてくれたことだけで
まるで奇跡のように、思えて
胸にあつく、あつく、
感謝の気持ちだけが、浮上する

今なら
きっと、もっと、あなたを大切に思えるだろう
もっと上手く、あなたに触れられるだろう
そう、思う頃、すでにもう、あなたは遠いのに

想いだけ
想いだけが、何もない空間に、
小さな、揺らぎを起こしている

その、小さな、小さな不協和音を
ただ、愛おしく、見つめ、立ち尽くすだけの
私が居る

青い空

GT

我の心は、澄み渡った青空よりも澄み、太陽よりも煌びやかな光に包まれ、その、どこまでも愛らしい其方の笑顔に癒される。

我の心は、荒れ果てた大地に一滴の雫が落ちたが如く……其方に満たされるのだ……

あぁ……その愛しき眼差し、愛しき優しさ、そして心を満たす其方の声……。我の感情は今、正に、この世の始まりを告げんが如く鳴り響く鐘の音の様に……其方の幻影に満ち足りてゆくのだ。

我は大地、其方はその大地を覆い尽くす青空、そして、二人を照らすは……神ですら手を出せぬ愛の輝き……。その光で我の大地に愛の花が咲き誇らんことを……。

遠距離恋愛

あいのん

遠距離から始まった恋
幼い頃の私ならきっと
会いたい時に会えない
側にいてほしい時に側にいない
話したい時に話せない
遠いから何をしているかわからない
そんな理由で彼を疑い
他の人を求めていたかもしれない
だけど今になって気がついた
距離は関係ないんだと

近くにいてもわからないことはある
都合が合わなければ会えない
恋愛に大切なのは
お互いがお互いを信じること
信じてもらえるようにすること
「遠いけど心はいつもすぐ側にある」
彼はそう言う
遠いなら近づけばいい
ただそれだけのこと
難しいと思っていた遠距離恋愛
今では距離を感じさせない
愛がここにある

潮風に吹かれて

荻野　文子

覚えてますか。
私があなたと出会った日のこと。
初デートはドライブでした。
大きな車に乗って海を見に行きました。
緊張して何を話していいかわからず黙ってしまった私に
「君は無口だね」
と言ってきて更に緊張しました。

覚えていますか。
とある海岸で車を止めて歩いたこと。

春風が吹いて私のプリーツのスカートを揺らしていました。
海を見つめるあなたの横顔に見とれてしまいました。
潮風が恋を運んできたのです。
私のほほは紅潮していました。

覚えていますか。
潮風に吹かれた日以来私の頭にはあなたしかいませんでした。
あなたに一直線でした。
手紙をしたためました。
便せんに十枚以上になりました。
初めてクッキーを焼きました。
あなたに食べさせたくて。

覚えていますか。
プロポーズしてくれた夜のこと。
星がとてもきれいな夜でした。
星の話を語るあなたの横で喜びで一杯で耳になんか入りませんでした。

「君の家に行っていいですか。」
これがプロポーズでした。

覚えていますか。
夏の北海道で二人だけの式を挙げたこと。
純白のドレスがうれしくて涙が止まりませんでした。

あれから二十七年経ちます。
潮風に吹かれ、あなたのことを愛しく思ったあの日のことは忘れられません。
今ではお腹がとび出ておじさん体型ですが、今でも恋をしています。
あなたのことが大好きです。
二人の子がいてあなたがいて一つの家族になれました。
仕事で大変なことがあったとき、
子どもの進路で迷ったとき、
あなたの涙を見せられました。
一緒に泣くだけの私でした。
あなたの強さたくましさ、そして弱さもすべてひっくるめて大好きです。

まだ後何十年か、夫婦でいてくれますか。
潮風に吹かれたあの日のあの思いがある限り、あなたのことを愛しぬきます。
潮風に吹かれた日の思いがある限り。

伝えたい言葉

中村　侑加

あれは20歳の頃だったと思う
あの頃の私って恋に恋していたのかな
ちょっとだけ危険な恋に憧れていた気もする
別に誰かを不幸にするつもりなんてなかったけど
奥さんも子供もいる人に恋してしまったのは
やっぱりそれは罪なんだと思う
たしかに長い人生の1ページかもしれないけど
消えることのない苦い記憶と罪の意識
結局は別れてしまったけれど
5月になるとふとあの人を思い出してしまう

今頃どうしているんだろうか……
男の優しさもずるさも教えてくれた人
もう再会することもないだろうけれど
元気でいてほしいし幸せであってほしい
今では感謝の気持ちしかない私
もしも伝えたい言葉があるとしたら
〝ごめんね〟と〝ありがとう〟かもしれない……

桃

馥　いく

いつのまにか　こんなにも育ってしまいました
甘く大きく　かぐわしい香り立つ
やわらかな桃
さあ　どうぞ　ひと思いに　もぎとって下さいな
早くしないと　熟れて腐ってしまいます
みずみずしい桃
ひとくち召し上がって　美味しくなければ捨てて下さい
それでも構いません
一度でも　貴方が頬張って下されば
だって　貴方が植えた桃ですから

責任を取って、だなんて　言えません
だって　勝手に育ってしまったのですから
貴方に　ひとくち　食んでいただけるのなら
それは　本望

貴方に出逢えて良かった

恭加

貴方の奥さんになれて良かった
前妻の子二人も育って行った
貴方の子どもを産み育てた
あの時はお互い夢ばかりで若かった
あれからどれだけたったのか
二人の子供達は結婚して家庭を持った
「愛」さえあれば何とかなる
そんな夢のような物語りは無理があった
お互い違う方向をむいてしまった時もあった
家族が一つになればと家も建てた

幸せってそんなことじゃなかったね
変わりたかった　何が一番大切なの　知りたかった
だから思いきって家を手渡すことにした
形じゃないんだよね　一緒にいて笑いあえること
銀婚式を終えた　年を重ね
出逢ったころの二人とほど遠くなりつつあるけど
貴方に出逢えて良かった今もそう思う
これからもずーっと

ベッドの中で

大野　美波

ハゲなんて気にしてないからあなたにはわたしの髪を撫でてほしいの

白うさぎの告白

辻本　瞬

ごめんね
クロちゃん
私のちぎれたこころを
繋ぎとめてくれたのは
あなただったのに

いまはハルちゃんの
とんがった優しさに
惹かれて
惹かれて

仕方がないの

ごめんね
クロちゃん
あなたが留守だったあの時に
私の弱さが
出ていたのかしら

ハルちゃんの
とげとげした視線も言葉も
私には痛くて
とても受け止められない
存在だと思っていたのに

今はあの子を拒めない

ごめんねと言いながら

ハルちゃんに寄り添う
私を赦して
私に寄り添う
ハルちゃんを赦して

家族写真

長澤　靖浩

息子の誕生日に
焼き肉屋のサービスで撮ってもらった写真が
違い棚に飾ってあった

息子とその妹
そして母親
三人ともほほえんでいる

けれども
心の芯の淋しさが

表情ににじんでいた

愛する人と暮らす部屋から
まだここに残っている書物を取りにきた私は
長い間
その写真に見入っていた

その横の
写真立ての中には
四人で行ったUSJの写真があった
まだ幼い子どもたちの
無邪気な笑顔がこぼれている

喧嘩ばかりしていたのに
何思い煩う日々でもなく
ただただ笑っていたように感じる

もう戻ることはできないし
男と女に戻りたくない気持ちは変わらなかった
壊れてしまった絆
このひとではないという手触り

けれども
ほほえみながらも
ひきつっている
三人のバースデイの写真は
胸の芯を疼かせた

「それじゃあ」
と私は書物をかかえて
戸口を出る

背中で
鍵を閉める音がした

余韻

高田　みわ子

会いたくても、会えないあなただから……
電話したくても、できないあなただから……
いっしょに歩きたくても、歩けないあなただから……
ねぇ、あなたの日常の邪魔はしないから、
せめて、ここへ来た時は、何もかも忘れて、私だけを見つめてほしい。
タバコの吸殻も、飲みかけのグラスも、そのままにして眠るの。
目が覚めて、あなたが、ここにいたことが夢でないように……

ふるり、サクラ舞うとき

大杉　水穂

青空に溶けていくように
すぐそこまで
サクラは花先をのばしていた

ささやかな風に
ふるん、と揺れながら
淡いそのサクラ色は
降りそそぐひかりにも溶ける

ああ

生きている
この春のはじまりに

ああ
サクラも生きている

だれに愛されようとも
だれに愛されなくとも

だれにも気づかれなくとも
きっとだれかは気づいて
気づいたひとのココロに
サクラ色をつける

自分らしく
自分にできることを
自分にできるジカンだけ

自分の居場所のなかで
精一杯

きっと
それでいいの

あるがままにまっすぐ
ココロのままに
空とひかりに溶けながら
行けばいい

だれに愛されようとも
だれに愛されなくとも

どんなときも
どんなときでも

重ね

緑　千夏

手を重ねた
唇を重ねた
体を重ねた
それでも心だけは、重ならない

優しさに　ひかれて

松井　詔子

四十年前
最初で最後の見合いで決めた
どこが良かったんだろう
ボサボサ頭でオデブさん
ヤニで染まった黄色の歯
ほんとうに何が良かったんだろう
汗だくの背広を脱ぎ
ネクタイをはずす
「もうええか」そう言って
笑った目が優しかった

あの優しさにひかれて
あの優しさに守られて
今も私はあの優しさの中にいる

恋の色

余土　晶子

パーンパーンと
弾じけるように花が咲く
ひとつ　またひとつと
春の陽気に誘われて
桜の花が咲いていく

私の心に咲いた花
淡く切ない　恋の花
桜の花は　ピンク色
私の恋は何色かしら

青空を見ながら考えた
あなたを想って考えた

淡いピンクでないけれど
燃える紅でもない　恋の花

無理に色にたとえるより
散らないことを祈りましょう
ずっと　ずうっとこのままで
咲き続けるよう　祈りましょう

私の心に咲いた花
未来をもたない　恋の花
強い雨風に打たれても
咲いて咲いて　咲き誇れ

駅

師子　竜一

彼氏ができた
父の不倫相手の夫だ
誰が何を知っていて
私が何を知らないのかも
わからない
「どうしたんだい？」
その彼がやさしそうな目でこちらを見た
「別になにも」
今は本当に何もなかった
駅につくと彼とキスをし、車から降りた

車が見えなくなると、タバコを取り出し
火をつけゆっくりと吸いこんだ
いつもより味はしなかったし
味なんてどうでもよかった

骨董品屋の人が昔言っていた
本物かどうかを見極めるには
本物をいっぱい見ることだよ
恋にも本物なんてあるのだろうか

大嫌いな先輩

夢叶

右ななめ前
パソコンの間からチラリと見えるあなた
私をからかってくるあなた
意地悪い顔で近づいてくるあなた
オモチャで遊ぶように私を追い詰めるあなた
さんざんいじめ倒して席に戻っていくあなた
大嫌いなあなた

隣の席で
一緒に仕事をすることになったあなた

真剣に仕事をするあなた
仕事への助言をくれるあなた
何も言わずに話を聞いてくれるあなた
落ち込んでいたら笑わせようとするあなた
大嫌いなあなた

右ななめ前
パソコンの間からチラリと見える
あなたが嫌い
目が合うだけで鼓動をうるさくさせる
あなたが嫌い
声が裏返りそうになるのに話しかけてくる
あなたが嫌い
私の感情を揺さぶって仕事の邪魔をする
あなたが嫌い
嫌いと言ったらほっとした笑顔を見せる
あなたが嫌い

家で待つ人のために早く帰る
あなたが大嫌い

大嫌い
近づいてこないで
話しかけないで

気づかないで
私はあなたを一生大嫌いと言い続ける

こじらせ男　こじらせ女

大西　絵美

こじらせ男
本当は　さみしがりや
めっちゃモテるよねって言われてる
手当り次第　声をかけているだけ
手当り次第　手を出しているだけ
でも
選んでいるつもりが相手に選ばれているだけ
遊び程度でオッケーって思われているだけ
本当はさみしがりや
本気で相手してくれる人が欲しい

本当はさみしがりや
毎日手当り次第声をかけまくる
本当はさみしがりや
今日も本当の恋は見つからない
本当は弱い奴
本当は不器用な奴
本当にしあわせになれないこじらせ男
アホか

こじらせ女

一人で生きていけそうだね
20代はそう言われる自分が好きだった
一人で生きていけそうだね
それってどんな未来なの？
30代になっても一人で生きている
一人で映画館に行ける

一人で居酒屋に行ける
一人で旅行に行ける
40代になっても一人で生きている
違う
映画館に友達と恋愛ものを観に行って
キャーキャー言わなければならない
居酒屋でかわいいお酒を頼まなければいけない
自分の好きなタイミングでふらっと旅立ってはいけない
おっちょこちょいでほっとけない女になりたい
あなたがいないと生きていけない女になりたい
強くなりすぎたこじらせ女
バカね

輝く背中

さやかママ

むかし
わたしがまだ「女の子」だった頃
通学路で見かける貴方の背中は、眩しくて
ただ離れた場所から見ているだけの私でした

そんな貴方へ
久しぶりに会った貴方は同じように眩しくて
それを伝えると、頭を指差し、笑っていたけど
この時の思い出があるから、辛い時、頑張れるんだ

好きともなんとも言えないまま、お互い歳を取ったけど
人生が思いの外、短いんだと知った大人のわたし
お礼を言うね
あの時は、素敵な背中、どうもありがとう

刻印

浦川　よし乃

覚えているのは、声
少しかすれた静かな声で
囁くように私を呼んだ

思い出すのは、指
まだ艶やかだった私の髪に
不意に触れて時間を止めた

もう遠い記憶のはずなのに

あの人が残した刻印が
呪いのように私を蝕む
愚かな私は恨むこともできず
ぼんやりとあの人の幸せを願いながら

私の残した刻印が
うっすらとあの人を蝕む夢を見ている

桜　君色　恋の色

ロコ

キラキラ　キラキラ
窓辺で光る　桜貝の小びん
いつも　春は　君色に輝く

キラキラ　キラキラ
せつなさも　想い出に寄りそい
涙色にきらめいている

桜のつぼみがふくらんだ頃
君は新しい世界へと

旅立って行ったね
少年から大人へと色をかえて

「ずっと、好きでした。」

小さな声でつぶやいた
君の瞳はうるんでいたね
震えながらさし出した
君の手には　桜貝の小びん一つ
いつか話した　おまじない
恋が叶う　桜貝の魔法

君にふれたい　抱きしめたい
できることなら
このまま　そばにいたい
だけど　私の気持ちは
そっと胸の奥にしまい込んだ

「ありがとう。元気でね。」

精一杯の作り笑顔で
君を見送ったあの日

ゆらゆら　ゆらゆら
過去の面影ゆれていた
君は彼とは違うのに

ふわふわ　ふわふわ
君に恋しているのか
彼を想い出しているのか

遠く蒼く華やいでいた時
桜が咲いてた彼との日々

よく似た君に重ねてた
過去とのはざまで夢見てた
わからないまま夢見てた

ひらひら　ひらひら
桜舞う　たそがれ空に涙した
君がいなくて　淋しくて

さらさら　さらさら
やさしく　哀しく　風に散る
淡い香りの恋でした

キラキラ　キラキラ
窓辺で光る　桜貝の小びん
キラキラ　キラキラ……

あなたは空と消える

森　泉

いつもと違うベッドで朝を迎えて
隣りで眠る人がいることに
幸福めいた違和感を覚えながら
おはよう、と声をかける。
簡易ドリップ式の珈琲を淹れて飲む
この時間が好きだ。
これからひとりで家に帰る。
彼も彼の家に。

また会いましょう、と言いながら

もう会えないかも知れない、と考える。

抱き締めた時の感触と
首元に鼻を押しつけて吸い込んだ香りを
思い出の瓶に閉じこめて
二度と開かないように蓋をしたら、
今朝のこのいやになるくらい美しく
海みたいに寛大な空に放り投げる。
悲しい分だけ　高く、遠く。

氷解

斗南　水探

「妻との間の長年の氷が解けました」
「……」

有頂天の日々よ
本気で信じた愚かさよ

恋は涙や傷に終わらせない
生きる糧にし
密かに墓場までもっていく

三十年経た今
人知れず口ずさむ
「氷はいつか解けるものね」

霧に立つ少年

田中　房子

谷も林も野も丘も
霧にかくれる中国道
太陽も姿現わさず
暗い夜明けの中国道。

霧に出遭うと現れる
幻がある、昔見た
高校生の少年が
たたずむ姿見えてくる。

ひとたび霧にかくれても
また現われるそのかげは
沈もくのまま動かない。
少年はどこへ向かうのか。

わたしは知ってる彼のこと
将来東大に行くことも
大企業に就職することも
奥さんと海外へ行くことも。

だが霧に立つ少年は
何年たっても高校生。
わたしは七十を過ぎたのに
君はいつまで高校生。

わたしの脳が死ぬ時に
この幻も消えるだろう。

そしてわたしも霧の中
少年と共に消えていく。

不在者

木村　通子

一枚の訃報の葉書
かつてのボーイフレンドの死
なぜか　奥様から
しばし　茫然と葉書をみつめる
かつて見た幻のごとく
私達は東京の空の下で学生時代を過ごした
いつしか兄妹のようになった
しかし

彼の恋心を意識した時
気づかぬふりをしつつも
彼の心をもて遊んだ

やがて歳月が
彼の存在をゆっくりと消し去ってゆき
私の心の不在者になった

こんな日が来るなんて
なぜに　こんなに悲しいのだ
外は篠の降る雨

彼はもうこの世には居ない
もともと不在者であったはずなのに
どうして　消えた思い出がよみ返えるの

彼は死とともに

今こそ恨みをはらしている
自分の存在を
かつての存在を
私の心の中に蘇らせたのだ

思い出の君

足達　重子

（一）

君は
わたしを見つめてた
わたしは
知らないふりして
誰かと踊ってた
あんなに冷たく
突き放したあとも
やっぱり気づいてくれたのね！
心に芽ばえた……ふしぎなときめきを

（二）

君は
遠くに去っていく
ひとり
うつむいたまま
夜汽車の片隅へ
そっと見送る
わたしは風の中
どうして気づいてくれないの？
心にあふれる……涙の一滴を

後悔

沢　季里子

失恋ならまだいい……
思いっきり泣いて　見返すぞ……って

でもこれって　なんて言うのかな……
ふられたわけでもなく……
あいつ　身を引いたつもりだったと思う

待って　誤解よ
……叫ぶのが遅すぎた

叫びに行ったのに
……もういなかった
とっても好きだった
忘れられない
……これが後悔というものなんだ

溶けてなくなるまで

佐藤　紫寿

賑わうカフェのテーブルの上に
飲みかけのグラスを静かに置く
わたしの他に気づく人なんかいないない
それはあなたの思いやりの仕草

素敵だな、って思ったことも。
誰もが失いかけている心のぬくもりを
あなただけは持っている気がして

独り占めしようとしたわたしが

悪かったのかもしれない――でも
わたしの他に気づく人なんかいない
それがあなたには、不満だった

スマホ片手にダルそうに眺めている
宵闇のうす汚い雑踏《ざっとう》の中に
溶けてなくなる夢でも見ているの？

すれ違うすべての人たちとの
一瞬の運命のつながりを妄想して
結局は誰とも心通わせることのない
一人よがりの出会いと別れ

わたしで満たされないのなら
もっと素直になればよかったのに
馬鹿になって自分をさらけ出し
求め、さけぶことを諦めた

それがあなたの余計なやさしさ

席を立ち歩き出すわたしの背後で
空になったグラスを静かに置く
わたしの他に気づく人なんかいない
それはあなたの負け惜しみの仕草

生まれいずる愛

原　幹子

恋もなければ、愛もない
そんな二人が結ばれたのは
家のため、親のため、子供のための
結婚だった。

結婚させられたとの錯覚に
我がまま、いっぱいに生きた。
自分の思うままに生きた。
夫は文句一つ言わず、
私の我がままに耐えた。

何故、義兄との結婚を選んだのか、
ケンカも出来ない夫婦。
別れることもなく、
月、日は過ぎる。

愛することがなくても生きられた。
恋する心がなくても、生きた。
ある日、自分が選んだ結婚と悟った。

私は、立て続けに二度の入院をした。
子宮ガンと乳ガン
その時、私の側に夫がいた。
左乳房摘出、なんともいえない
グロテスク、そんな私をそっと、
身体をふいてくれた。
何も言わず、ただ黙々と、

私の身体をふいてくれた。
夫の思いやりと愛の深さを知った。
でも、私の口から、「ありがとう」と
いう言葉が出てこなかった。

そして、何年か過ぎた。
今度は夫が肝臓ガンになった。
余命一年の宣告を受けた。
覚悟はしていた。
夫が命つきる時、私の口から、
「おとうさん、ありがとう。
今まで、我がままばかりでごめんなさい
おとうさんが作った野菜おいしかった
ありがとう」と叫んでいた。
夫の目から涙がこぼれた。
感極まって、そのまま
息をひきとった。

感謝の気持ちがあっても
口に出して言えなかった言葉、
兄姉たちは「これで良かった。これで良かった」
と喜んだ。

愛のない結婚と思っていた。
しかし、年をかさねるごとに
おもいやりを感じてくる。
感謝の念もわいてくる。
口には出さずとも、二人の心は
通じあっている

これが大人の恋なのか
徐々に徐々に生まれいずる恋
それはおもいやり、感謝そして尊敬
自然に生まれいずる恋。

そして、深い深い愛へと。
夫は　それを私に教えてくれた。

夢の中のキス

奈良の都

昨日、夢の中で若い頃の貴男に会いました。
目を閉じた私の口元に、静かにキスをしたのは貴男でした。
恥かしいけれど、私は七十路を過ぎました。
まだ恋をしています。
遠い昔、「好き」の一言が言えずに居た、
あの時の心が切なくて、今も思い出すと切なくて、
貴男と結ばれる事はなかったけれど、
年一回の賀状の中に「元気で居ます」との走り書き、
私にしか分からない貴男の優しさが隠れています。
心のどこかの隅っこに、あの時のままの私の心が潜んでいます。

貴男は私より二ツ上のお兄さん、
貴男も七十路を過ぎたのね、
貴男の姿をいつも追っかけていた遠い昔の思い出は、
羽化したばかりの羽根のように、はかないけれど、
貴男を慕う私の心は色あせてなんかないのです。
「好き」の一言が言えずに居た、言えば良かったと振り返るけれど、
いつの間にか七十路を過ぎました。あと何年生きられるか分からないけれど、
貴男に恋をしたこと、一度切りの人生の暦の中で「吉」でした。
又、夢の中でキスをして下さい。目を閉じて待ってます。

通り雨と青いシャツ

わがつま　ようこ

雨が降りやむのを
たしかめるため
あなたは長い指のてのひらを
明るい空にさしだす
小鳥を高く　はばたかせるみたいに

ブルーの細身の長袖の
清潔な香りのコットンシャツ
襟もとの第一ボタンまできっちりとめて
袖口のボタンまでしっかりとめて

夏なのにあなたは　いつも長袖であなたは
とめられたボタンの向こう側
どんな秘密を隠しているのかしら
タトゥーでも刻んでいるのかしら
毛むくじゃらの胸なのかしら
それとも

シャツのボタンをひとつまたひとつ
ボンボンみたいに一粒また一粒
この指で外して
がりっと噛んでみたいけれど
わたしは知らない

とめられたボタンの向こう側の
あなたの哀しみ
だれにも言わないできごとや

閉じた記憶の奥底や
つまりほんとうのことのすべてを

第一ボタンの上から
見え隠れするほがらかな喉仏のあたりから
吹いてくる風の青く澄んだひとそよぎが
ほんとうは哀しみの羽だったりするのかしら
わたしは何も知らない　そう思うと
泣きたくなってしまうのだ
あなたの小鳥はばたくような笑顔に出会い
青く澄んだ風のひとそよぎに吹かれながら

雨の降るのを
たしかめるため
わたしがさしだす　前腕の内側
ツベルクリン反応の注射針よりもっと
細くて痛い針を待ち受ける

痛くてもいい
あなたを知りたいのだ
雨が細かに降る
星を砕くようなチェレスタの音がして
鍵盤は打たれる　痛くてもいい

米寿のコンサート

岩元　喜代子

今夜はサンケイホールか
いいえ。シンフォニーホールよ
今夜の芝居はオーケストラ付きか
いいえ。今夜はクラシックコンサートよ
マスネはいいね
覚えているのね。マスネを
ショスタコーヴィッチは長い曲だね
覚えているのね。長いと

今夜はあなたの米寿のお祝い

久しぶりのホール
前から七番目のいい席が有りました
あなたのお祝いに取りました

いいのです
わたしの名前が出てこなくとも
一緒に観た芝居を覚えているから

あなたの目の輝きが見える
あなたの温かい手に触れられる
あなたの胸の鼓動が聞こえる

ティールームのワインで乾杯しましょう
あなたの米寿を祝いましょう

本ダシ

伊藤　六位

これ　読んでみますか

お借りしてもいいですか

始まりもせず
終わりもしない二人の間を
一冊が堂々と行き来する

この前　読んでみたいっていってたし

せっかく持ってきてくれた訳だし
本だし
ほんの貸し借りだしね

著者は何ていうかな
人の本をダシにつかうなっていうかな
わかってる
でもお願い
今しばらく
ダシでいて

だから

ことは

あなたとわたしは
正反対だ
だから
いいのか
だから
だめなのか
水と油で
どこまでいっても
混ざりあうことがない
それでも

おなじほうをみて
歩いてきたはずだ
だから
いまも一緒にいるのだろう
だから
これからもたぶん
一緒に歩いていくのだろう

愛猫

中村　史子

母は　お日様と愛猫を
　背負いながら
私の前を
　ゆっくり　歩いている

歩いては　立ち止まり
歩いては　立ち止まり
後を　振り向くことはなく
私に　声をかけることはなく

家に向かって
　歩き始めた瞬間に
母の姿は　消えていった

この静寂の　悲しさの中
　温もりのある　愛猫が
私の足元に　駆け寄って来た

糸車

今井　里枝子

アンティーク調のチョコレート色のドアを開けた。

そこは色とりどりの糸車が並んでいる。

からからと軽やかな音を立てて回っている物もあれば、
軋んだ音と共にゆっくりなんとか回っている物もある。

「どのような物をお探しですか？」

どこか古めかしくもあり、新しくも見える薄い丸眼鏡の優しそうな男性が話しかけてきた。

「そうね、よく紡げる物がいいかしら。」

金色の小さな糸車が虹色の糸をくるくると紡いでいる。

「こちらはいかがですか？」

光り輝く金の糸車は小さく愛らしく胸をときめかせた。

「少し派手だし、私の部屋にはそぐわないかも。」

灰色の上着に黒いパンツの自分を見下ろして呟いた。部屋には使い古した電化製品が色褪せて並んでいる。

「こちらはどうですか？」

窓辺に置かれたつややかな木目の力強い糸車がぐるぐる回っている。

真っ白な糸を太く、太く紡ぐ。

「こんなに強くなくていいかも。」

臆病な心を守るように胸に手を置いた。

「こちらでは？」

カタンカタンと少し不器用に回る糸車は自分にぴったりなように見えた。

繊細な今にも切れそうな糸をかろうじて紡いでいく。

日の当たるぎりぎりの場所に置かれ、少し色あせてきているように見えた。

「もう少しなんとかならないかしら。」

祈るように囁くと、男性はすらりとした長身を折り曲げてそっと手を一つの扉の方へ差し出した。

「こちらにもございます。見てみますか？」

たくさんの糸車が音を立てる間をぶつからないように進み、奥の壁にはめ込まれた扉の前にたどりついた。

赤茶けた小さな扉には金色の丸いノブがついている。どこかで見たことがあるような気がした。ノブの真ん中に鍵穴があった。

男性がポケットから小さな鍵束を出してその中の一つを選びだした。

耳を澄ませてその音を聞いた。

カチッと鍵がぴったりとはまって回る音を聞くと、少し胸が痛んだ。

「こちらです。」

扉の向こうは小さな四角い部屋だった。

窓は高い位置にあり、視界に入ってこない。

ただ穏やかな、煙るような日差しがすりガラス越しに部屋の中央に向けて注がれていた。

ぼんやりと照らし出された糸車は年代を置いた落ち着いた色合いで、静かに糸を紡いでいた。

若く軽やかでもないが、老いて壊れそうでもない、ただ静かにあるがままの姿で回り続けている。

「特別なところは何もないのね。」

囁いた。

「そうですね。でも素敵だと思いませんか?」

何の特徴もないように見えて、ここにしかない特別な存在感がある。

日差しに負け、色褪せるでもなく、さらに色を馴染ませて重厚感が増している。

閉ざされた空間にあって、ペースを崩すことなく淡々と糸を紡ぎ続ける。

あるがままで、美しい。

「思った通りの物が作れるかしら?」

「そうですね。この糸車なりの物が作れるでしょうね。」

それは飾らず、自由で、快適な物が出来そうな気がした。

「これにします。」

「これは初めからあなたの物ですよ。」

男性が手の中に小さな鍵を握らせた。

「なくさないように気を付けて。」

手の中におさまった小さな鍵は、しっくりと心に溶けるように馴染んだ。

小さな丸椅子が糸車の前に置かれていた。

糸車の音に倣って静かに座り、耳を傾けながらペダルを踏んだ。

「ありがとうございました。」

店を出る時、ちらりと最初に見た金色の可愛い糸車が目に入ったが、もう胸はときめかなかった。

顔を上げ、空を仰ぎ見ながら昔のようにはいかないゆっくりとした歩調で歩き始めた。

耳の奥で、静かに、でも確かに回る美しい糸車の音が心地よく聞こえていた。

あなたが求めすぎる私は

日々子

今日も
あなたの遺伝子をもつひとに会う
そして　時々
あなたと同じ巣で呼吸するひとに会う

彼女への最大の思いやりと裏切りは
秘めておくこと

ほほえんで　挨拶をかわす
感じがいいねと嫉妬されたい

罪悪感とおなじだけの劣等感
それから
正直にいえば　時折の

優越感

自分勝手でも
この感情に包まれるひと時がなければ
わたしは　壊れてしまいそうだ

重なるたびに深くなる
あなたとわたし
隅々まで確かめ合って
何度もひとつになる
快楽は絆のかけら

純粋に堕ちた恋なのに
自然の摂理の別名は
もしかすると
悪女という　不条理

今日も
あなたの遺伝子をもつ愛しいひとに会う
そして　時々
あなたと同じ巣で呼吸するひとに
遭う

あなたが求めすぎる私

お引っ越し日和

雪花菜

だんなさま
散らかしているのではなくて
毎日が
お引っ越し日和なのです

こちらのものがあちらに逢いにいきたくて
あちらのものがこちらに逢いにきたくなって

恋をしているように
あちらへうろうろ

こちらへうろうろ
今日も　また
お引っ越し日和なのです

空からみれば
虹色日和
今日もまた
恋をしています
今日もまた　お引っ越し日和なのです

明日へと
続くみち
探しているのです
だんなさまへと

まっさら小指

森　文子

嘘、見栄、背伸び、武装。
親指、人差し指、中指、薬指。
夜な夜な塗りたくる人工液。

「爪、きれいだね」
寄せては返す遊び好きの男たち。

可愛い、きれい、セクシー、いい女。
親指、人差し指、中指、薬指。
自分に塗り込む呪いと魔法。

「俺、マニキュア塗ってる女って苦手」

馬鹿で愚かで哀れな男たち。

恋したい、夢見たい、幸せになりたい、
愛されたい。
親指、人差し指、中指、薬指。
塗って祈って塗って願って。

ついに根負けした神様が連れて来た。

「五十年一緒にいるって、約束しよ」

ぎゅっと小指を絡めるあなた。


指、きり、げん、まん。

私の小指、あなたにあげる。

アンチテーゼ

小室　初江

人と人とが出逢うのはすべて必然
人は何かを学ぶために誰かと出逢う

いつかどこかで読んだ
そんな言葉が
頭の中で空回りした

伝えることは罪
必ず何かを壊し
やがて自分も壊れる

いつでもどこでも
そんな理屈が
心の中に浮かんでは消えた

今のままが一番
このままが最高

ようやく
自分の気持ちに
折り合いをつけた
その日の夕まぐれ
あなたが
私の手をとった
「一緒に闇を超えよう」
と

あなたの眼の奥に
奈落の底へと通じる
漆黒の闇を見て
私は静かにその手を放した

想いを伝えることが愛なら
伝えないことも、愛

想いを受け止めることが愛なら
受け止めないことも、愛

人と人とが出逢うのはすべて必然
人は何かを学ぶために誰かと出逢う

その先にあるのは
たくさんの選択肢と

その結果としての
光と闇

青空の下の十字架

柏木　まどか

「あ、ねえ、ちょっと結婚してこう」
私の口から出た言葉
エヘヘとジョーダンぽく

彼と手をつないで歩く道
はじめて歩く知らない道
目にとび込んできた白い十字架
こんな所に小さな教会
こぼれ落ちた言葉
ふざけたのは彼のためじゃない

そうしないと口に出来ないから
涙をふせげないから

アナタハケッコンシテルモンネ

だからエヘヘ
青空の下　彼もハハハと私にじゃれつく

ブルー

池田　智子

君と揺れたブランコ
木々の葉擦れが溢れる公園の空気にブランコの音が響いていたね
何故かしら？
君にも私にも言葉がなかった
けれど、私は世界中の誰よりもしあわせだと思っていたの
そして私の心臓がドキドキしていたことも憶えているわ

陸上部の部活の帰り道
私の想いを知っている皆はいつも君と並んで
私が歩けるようにと工夫してくれた

稲の緑が波を創る田圃の中の一本道
「ねぇ、初恋って、どんなものかしら?」
君はしばらくの間、夕暮れの空に遠い目を向けていた
「そうだなぁ。初恋って青いリンゴだよ」
「青いリンゴ?」
「青いリンゴは甘酸っぱいだろ。だからだよ」
そう言った君が私の目をまっすぐに見つめた
あの時、私の胸の底に何かがゆっくりと沈んでいったわ

夏季合宿の時……
走り切った私達はグラウンドに倒れた
夏草の青い匂い
遠くからの蝉の声
ギラギラとした白い日差し
飛んでいるトンボの羽が透明に光る
空はどこまでも青かった
「ねぇ、好きな色は何色?」

手を伸ばせば君の肩に触れるほどの距離
美しくカールしている君の長い睫毛
「好きな色？　考えたことないなぁ。君は何色が好きなの？」
「向日葵の黄色よ」
「そう、黄色が好きなんだ。僕は今の空の色。ブルーだよ」
それから私のしあわせ色がブルーになった
ハンカチもマフラーもソックスもブラウスも髪に結ぶリボンもブックカバーも何もかもがブルーになった

卒業式の後、お別れの握手をした
「元気でね」

「ええ。短距離、頑張って」

「うん」

「オリンピックを目指して、ね」

「全国四位の僕では――、でも、頑張るよ」

君は握っている私の手に力をこめた
「きっとよ！」

……あの時に私は私の心を伝えるべきだった
「好きです。今までも、これからも」と
けれど、その一言がどうしても言えなかった

三十七年後
真冬の深夜
電話は君の訃報だった
私には一言も返す言葉がなかった
受話器を置いた瞬間
私の胸に青い真夏の空が広がり
夏草の強い香りが蘇った

哀しみの空よ

朝摩

「きっと、前を向いていける日が来るから」
そうあなたは笑っていたけれど
そんな弱々しい微笑みじゃ、また泣き出しそうになる
こんなに好きなのにどうして私達は引き裂かれるのだろう
こんなに愛しているのになぜ私は無力なのだろう
あなたがいなくなって、残酷にも時間は過ぎて
目がなくなりそうなくらい泣いた日々もあったけど
今は、ほんの少しだけ落ち着いています
それでもやっぱり、一人で見上げる空はとても寒々しい
きっとあなたは私に新しい誰かと笑ってほしいと

優しく願ってくれていたのだろうけど
それでも、あなたの愛しい声が忘れられない
そしてそれを不幸だとは思わない
寒々しいと感じる空の中に、ほんの少しだけ温もりを感じる瞬間があるのは
きっと今でも私があなたを愛しているという、嬉しい証拠に違いないのだと
胸を張って言えそうなのです、困ったことに

逢いたい

ともこ

今ごろ、北は吹雪いているだろうに薄着でひざを
抱いてるような、そんな姿が目に浮かぶ。
寒がりの貴方に編んだセーターが部屋の隅に
置いてある。
ひと編みごとに貴方への恨みを縫い付けた
紅い、紅いセーターが部屋の隅で燃えてます。

カクテルパーティー効果

三觜　姫晳

私はあの人が好きだったのかも知れない
今更気づいても、手遅れなのだけど

あの人が結婚する
相手は言わないけど、
旧式のAラインの貴女とは違う
和式の婚礼衣装
私は穏やかな日差しのガーデンテラスの中
あの人と和式の婚礼衣装の彼と
会場へいる全ての人へ挨拶をする

私は彼女が好きだったのかも知れない
私自身がした、判断なのだけど

彼女とは違う人と結婚する
相手は言わないけど、
新式のスラックスの彼女とは違う
和式の婚礼衣装
私は穏やかな日差しのガーデンテラスの中
和式の婚礼衣装の彼と
会場へいる全ての人と彼女へ挨拶をする

淀みなく言葉が出てきた……
そんなことはなかったと思うけど、
今更気づいたこの思いが気づかれないように
クラウン（道化師）を演じきる

「貴女のセンス、とても素敵だわ」

「貴女のハサミはよく切れる。

きっと手入れがとてもされているのね」

そんな何気のない一言が嬉しかった

私は挨拶を終え、自分の席へ戻る
それから、息を吐こうとする

「貴女の挨拶、とても素敵でした」

「貴女のコトバはよく響く。

きっとココロにとても沁みていくのね」

それは何気のない、貴女のお姉さまの一言

淀みなく言葉が出てきた……
そんなことはなかったと思うけど、
今更気づいたこの思いが気づかれないように
ティアラ（宝冠）を傾けて

「貴女のセンス、とても素敵だわ」

「貴女のハサミはよく切れる。

きっと手入れがとてもされているのね」

そんな何気のない一言を贈っていた

私は挨拶を終え、自分の席へ戻る
それから、目を閉じようとする

「貴女の挨拶、とても素敵でした」

「貴女のコトバはよく響く。

きっとココロにとても沁みていくのね」

それは何気のない、私のお姉さまの一言

それは何とも残酷な　カクテルパーティー効果

私に話しかけていた人
それは好きだったと自覚させられた
あの人によく似ていた
自覚したばかりで心変わりしたなんて
呆れられてしまえばその通りかも知れない
あと、あの人がもし、結婚しなければ……
あるいは、彼女がもし、あの人に
似ていなければ……とも思った

あの人は結婚した

私はあの人が好きだったのかも知れないけど

彼女に話しかけていた人
それは好きだったと自覚させられた
私によく似ている
自覚したばかりに心変わりしたなんて
呆れられてしまえばその通りかも知れない
あと、私がもし、結婚しなければ……
あるいは、お姉さまがもし、私に
似ていなければ……とも思った

私は結婚した

私は彼女が好きだったのかも知れないのに

余白

ぽわ

空白っていうと寂しいけれど
余白っていうと味が出る

あなたがいない空白
っていうと寂しいけれど
あなたがいるべき余白っていうと
そこに信頼感が生まれる

余っているところに味が出る
余っている分だけ優しくできる

あながいるべきスペースがあるから頑張れる
あなたの存在を感じられるからあなたがいなくても安心できる
1人の時間に気持ちのアップデートができる

余白を大事にしよう
余韻に浸ろう

余白が2人の人生を充実させるから
余韻が2人の人生に深い味わいを出すから

朽ちた向日葵

緒川　ゆい

向日葵から花片が欠け落ちる
黄色く干からびた花片が、床に散らばっている
欠けた向日葵はいびつでもう捨ててもいいかもしれないのに
私は捨てない
捨てたくない

ずっと送れないメールがある
送ってしまえばいい。でも私は送らない
送らず、ただ私からの報告を受け取ったあなたを夢想する
もしも送ったなら

あなたの心に、私からの言葉は波紋を広げるだろうか
広がればいい
少しの祝福と、少しの寂しさと
あるいは、どうしようもない喪失感を
消えない波紋を刻み続ければいい
「結婚しました」
私からの最後の言葉が、あなたを揺さぶればいい

大輪の向日葵
結婚記念日、誕生日、クリスマス
彼は私を花で溢れさせる
その花は私を窒息させる
みずみずしい花たちが私を覆う
鮮やかな花が色あせ、水気を失い
朽ちゆく姿を見て私はやっと安堵する
朽ちた花片の中に、あなたがいるから

彼の腕で眠り、彼の横で目覚める
柔らかく、温かく、満たされた場所
私が手に入れた場所
あなたを捨てて辿りついた場所
この場所で私はまどろみ続ける
あなたの心にきっとまだ私がいるだろう幻想を
でも私は確かめない
最後の言葉を決してあなたに届けはしない
失わないために
しなび、ひからび、腐臭を放つ花片
それが私の、なくしたくないもの

身勝手で、卑怯で、唾を吐きかけられるべきもの
自分から遠ざけたくせに焦がれるもの

私の「恋」

大輪の向日葵
太陽の方を向き、必死に生きる花
でも私は焦がれる
太陽に焼かれ、零れ落ちる花片に
死臭に満ちた向日葵に抱かれ、
今日も私はあなたを夢想する
愛へは決して昇華しない
「恋」を抱いて、永遠に無想し続ける

One night's love war

Penstemon

時は１９９１年バブル戦争末期
ピッチなしガラケーなしスマホなし
俺たちが向かった戦場は
真夏の夜のコンクリートジャングルだった

本日５名にて作戦を決行する
初期編隊は２―３型フォーメーション
よって敵は２人組ないし３人組に絞れ
戦闘時間は十分にある
まずは全体を観察し、敵の方角と密度を確認しろ了解！
戦況に応じて適宜合流、離散を認める
最終集合時間は明朝９時
この地点に車を待機させておく
集合できない場合は各自自力で本部に帰還せよ
了解！
ファーストコンタクトは非常に重要だ
前方で敵を捉えたら目立たぬよう一旦通り過ぎろ
全体像を把握できれば詳細確認は後回しだ
後方より接近し、側方より空砲程度の一撃を加えろ
了解！
一度や二度の撃沈は日常茶飯事と思え
一刻も早く体制を立て直し、次へ進むことが重要だ
了解！
コンタクトに成功した場合の心得を述べる
決して焦ってはならない
戦闘継続には冷静な頭の回転と的確な行動が必要だ

防御が固い場合は体勢を低く保ち、コツコツと攻めろ
長期戦にもつれ込むことも覚悟しておけ
軍資金の追加投入には躊躇するな
屋内戦ではスクリュー弾とルシアン弾が非常に有効だ
必要なら現地で調達しろ
了解！
陥落寸前に追い込んだ場合の心得を述べる
ここからが最大の正念場だ
ザリガニ釣りを思い出せ
最後の攻撃方法を誤ると全てが水の泡だ
慎重に戦局を見極め、敵の動きに全神経を集中しろ
機を待ち、さり気なく耳元へ魂の一撃を放て
了解！
見事陥落に成功した者は90m前方を右へ進め
最後まで気を抜かずゆっくりと誘導しろ
いずれのキャンプも基本設備は充実している
敵を十分に安心させた後、速やかに潜り込め

了解！
万一に備え、肉弾戦では必ずグローブを装着しておけ
演習ビデオで学んだ必殺技を思う存分繰り出せ
了解！
戦闘終了後の条約締結等については一切関知しない
遺恨を残すことが無いよう取り計らえ
了解！
撃沈を繰り返し、戦意を喪失した者の心得を述べる
決して恥じる必要はない
実戦の経験により確実に戦闘能力は増している
１２０ｍ前方を左へ進むと負傷者用カプセルがある
落ち着いて精神を立て直し、静かに朝まで待機だ
了解！
本日も激戦、激闘の繰り返しは必至だ
また夜半過ぎからの個人戦は非常に多くの危険を伴う
特にダミーの潜伏と黒塗りの輸送部隊には気を付けろ
決して戦闘する相手を間違えるな

戦時国際法を守り、いかなる時も理性を保て
了解！
お前たちを信じている
体力気力知力を振り絞り、正々堂々と最後まで戦え
了解！
以上、解散！

ピッチなしガラケーなしスマホなし
ここは一期一会のコンクリートジャングル

いつだって、がむしゃらな全力疾走が必要な局面は存在する

最終集合時間は明朝9時

これは訓練ではない

いざ、突撃！

大人の恋の詩《うた》　心の内を一編の詩に

2018年３月30日　初版第１刷発行

編　者　「大人の恋の詩」発刊委員会
発行者　瓜谷 綱延
発行所　株式会社文芸社
〒160-0022　東京都新宿区新宿1－10－1
電話　03-5369-3060（代表）
03-5369-2299（販売）

印刷所　株式会社晃陽社

ISBN978-4-286-19184-3